Maar niet uit het hart

Ander werk van Toon Tellegen

Theo Thijssenprijs 1997
Hendrik de Vriesprijs 2006
Constantijn Huygensprijs 2007

Misschien wisten zij alles (verzamelde dierenverhalen, 1995, 2007)
De trein naar Pavlovsk en Oostvoorne (verhalen en een gedicht, 2000)
Iedereen was er (meer verzamelde dierenverhalen, 2009)
De optocht (gedicht, 2012, 2016)
Een vorig leven (roman, 2015)
De seringenboom (roman, 2018)
Een van ons zal omkijken (verzamelde gedichten, 2019)
Ze wisten er meer van (verzamelde dierenverhalen, 2020)
God onder de mensen (roman, 2021)
De egel, dat ben ik (2021)

Toon Tellegen

Maar niet uit het hart

Dierenverhalen vol afscheid

Amsterdam · Antwerpen
Em. Querido's Uitgeverij BV
2023

De verhalen in *Maar niet uit het hart* zijn afkomstig uit *Misschien wisten zij alles* en *Is er dan niemand boos?*.

Eerste en tweede druk, 2003; derde, gewijzigde, druk, 2004; vierde druk, 2005; vijfde druk, 2007; zesde druk, 2008; zevende druk, 2010; achtste druk, 2011; negende (e-book) en tiende druk, 2012; elfde druk, 2014; twaalfde druk, 2015; dertiende en veertiende druk, 2016; vijftiende en zestiende druk, 2017; zeventiende druk, 2018; achttiende druk, 2019; negentiende en twintigste druk, 2020; eenentwintigste druk, 2021; tweeëntwintigste druk, 2022; drieëntwintigste druk, 2023

Omslag Brigitte Slangen
Omslagbeeld Getty Images

ISBN 978 90 214 3449 0 / NUR 301
www.querido.nl

MIX
Papier | Ondersteunt verantwoord bosbeheer
FSC® C004472

OP EEN WANDELING NAAR DE ACHTERKANT van het bos kwamen de mier en de eekhoorn bij een vervallen huis.

De mier klom op de rug van de eekhoorn en keek door het gebroken raam naar binnen.

'Wat zie je?' vroeg de eekhoorn.

'Allemaal stof,' zei de mier. 'Alles zit onder het stof.'

'Er heeft vast allang niemand meer gewoond,' meende de eekhoorn.

'Laten we naar binnen gaan,' zei de mier en sprong op de grond.

Hij duwde de knop van de voordeur naar beneden en stapte over de drempel.

Het was donker binnen, oud en verlaten. De eekhoorn stapte achter de mier aan en knipperde met zijn ogen.

'Wie zou hier gewoond hebben?' vroeg hij.

'St,' zei de mier.

Zij keken in het rond en raakten gewend aan

het donker. De mier nam een boek dat op tafel lag in zijn hand en blies het stof eraf.

'Kijk eens,' zei hij.

De eekhoorn keek en las: *vergeetboek*.

'Wat is dat voor een boek?' vroeg hij.

De mier sloeg het boek open. Op de eerste bladzijde stond een inhoudsopgave. De hoofdstukken heetten: Verleren, Vertrekken, Verliezen, Verlaten, Vervallen, Verflauwen, Verbleken en Verdwijnen.

'Verdwijnen,' mompelde de eekhoorn. 'Laat dat eens zien.'

Hij pakte het boek beet en sloeg het op de laatste bladzijde open. Het leek wel alsof het boek daar het meest gelezen was.

De eekhoorn las: ...en tenslotte zal alles...

Er zat een scheur in die bladzijde alsof hij in grote haast was omgeslagen. De mier zei: 'Niet verder lezen!' en trok het boek uit de handen van de eekhoorn, sloeg het dicht en legde het op de grond in een hoek onder het stof.

De balken kraakten en het half open raam klepperde even.

'De wind,' zei de eekhoorn.

'Nee,' zei de mier. Het was windstil buiten.

‘Wie zou hier hebben gewoond?’ vroeg de eekhoorn.

‘Ik denk,’ zei de mier, ‘dat hier nooit iemand heeft gewoond.’

De eekhoorn trok een zeer ernstig gezicht en stapte achter de mier aan naar buiten. Zij liepen het bos in.

‘Niet omkijken,’ zei de mier.

De eekhoorn keek om en zag dat het huis verdwenen was. Er stond een bloeiende rozenstruik. En een klein donker wolkje drong zich in de gedachten van de eekhoorn en bleef daar hardnekkig hangen.

'Ik moet op reis, eekhoorn,' zei de mier op een ochtend.

Zij zaten op de tak voor de deur van de eekhoorn. De eekhoorn was nog maar net wakker en geeuwde nog.

'En je moet niet vragen of het echt moet,' zei de mier, 'want het moet.'

'Maar dat vraag ik helemaal niet,' zei de eekhoorn.

'Nee, maar je stond wel op het punt om dat te vragen, wees maar eerlijk.'

De eekhoorn zweeg.

'Het minste wat we kunnen doen,' zei de mier, 'is op een kalme manier afscheid nemen.'

'Ja,' zei de eekhoorn.

'Dus niet met gejammer en tranen en wat zal ik je missen en kom gauw terug en zo – daar heb ik toch zo'n hekel aan, eekhoorn, als je dat eens wist...'

De eekhoorn knikte.

'Als jij nou in de deuropening gaat staan...' zei de mier.

De eekhoorn ging in de deuropening staan.

De mier gaf hem een hand en zei: 'Nou, eekhoorn, tot ziens dan.'

'Dag mier,' zei de eekhoorn. 'Goede reis.'

Maar de mier was niet tevreden over het afscheid en bleef staan.

'Die brok in je keel, eekhoorn,' zei hij, 'die hoorde ik wel!'

Ze probeerden het opnieuw en nu zei de mier dat hij een traan zag blinken in het oog van de eekhoorn en vond hij 'Goede reis' niet goed.

'Je vindt het erg, eekhoorn, je vindt het heel erg, ik zie het wel!'

De eekhoorn zweeg.

'Doe toch kalm!' riep de mier.

Ze probeerden het nog een keer met 'Beste reis', en een keer zonder woorden, zonder elkaar aan te kijken. De eekhoorn deed zo kalm als hij nog nooit had gedaan. Maar de mier vond het niet goed.

'Zo kan ik niet op reis gaan,' zei hij verongelijkt. 'Terwijl het in feite moet. Echt moet!'

'Ja,' zei de eekhoorn.

Daarna zwegen zij en zaten in het licht van de opkomende zon op de tak voor de deur van de eekhoorn. Het bos rook naar dennenhout en in de verte zong de lijster.

'Denk je dat wij ooit afgelopen zijn, eekhoorn?' vroeg de mier op een keer.

De eekhoorn keek hem verbaasd aan.

'Nou, zoals een feest afgelopen is,' zei de mier. 'Of een reis.'

De eekhoorn kon zich dat niet voorstellen.

Maar de mier keek uit het raam naar de verte tussen de bomen en zei: 'Ik weet het niet, ik weet het niet...' Er verschenen rimpels in zijn voorhoofd.

'Maar hoe zouden we dan moeten aflopen?' vroeg de eekhoorn.

Dat wist de mier niet.

'Als een feest is afgelopen gaat iedereen naar huis,' zei de eekhoorn. 'En als een reis is afgelopen wrijf je in je handen en kijk je of er nog een potje honing in je kast staat. Maar als wij zijn afgelopen...'

De mier zweeg. Hij maakte een raar geluid met zijn voelsprieten.

'Wat is dat voor een geluid?' vroeg de eekhoorn.

'Knakken,' zei de mier.

Daarna bleef het lange tijd stil.

De mier stond op en begon, met zijn handen op zijn rug, door de kamer heen en weer te lopen.

'Denk je erover na?' vroeg de eekhoorn.

'Ja,' zei de mier.

'Weet je het al?'

'Nee.'

De mier ging tenslotte weer zitten.

'Ik weet het niet,' zei hij. 'Ik weet vrijwel alles, dat weet je, eekhoorn...'

De eekhoorn knikte.

'Wat ik niet weet,' ging de mier verder, 'mag geen naam hebben. Maar of wij ooit aflopen...'

Hij schudde zijn hoofd.

De eekhoorn schonk nog een kopje thee in. De mier nam een onzeker slokje.

HET WAS WINTER EN AL HEEL LANG HAD DE eekhoorn niemand gezien. Hij zat voor zijn raam en keek naar de sneeuw die tussen de takken van de beuk naar beneden viel.

Hij schonk zichzelf een kopje thee in.

Het was een warm, dampend kopje en de eekhoorn dacht: eigenlijk is thee heel aardig.

Hij wou dat hij een klein gesprekje met de thee kon voeren. Volgens de mier, dacht hij, kan je overal mee praten. Zelfs met de lucht.

Weet je wat, dacht hij, laat ik het eens proberen. Hij schraapte zijn keel en zei: 'Hallo thee.'

Even was het stil, toen hoorde hij een zachte, zilverachtige stem uit het kopje die zei: 'Hallo eekhoorn.'

De eekhoorn viel bijna van zijn stoel, maar bleef nog net zitten.

'Hallo thee,' zei hij weer en begon een gesprek met de thee.

Zij spraken over geuren, over kringelende

dampen en over de winter. De thee wist veel.

Tenslotte vroeg de thee of de eekhoorn hem wilde opdrinken. 'Voor ik koud ben,' zei hij.

De eekhoorn aarzelde even en zei: 'Dag thee.'

Toen dronk hij de thee op.

Daarna was het stil. 'Maar,' had de thee nog gezegd, 'zo nodig kom ik weer terug, eekhoorn.'

De eekhoorn zette het lege kopje neer en zuchtte. Hij keek naar de sneeuw op de takken van de bomen, en naar de donkere wolken die door de lucht trokken. Daar zou ik ook wel eens mee willen praten, dacht hij, met de wolken. Wat zou ik daar graag eens mee willen praten. Maar niet nu. Nu ga ik slapen, dacht hij. Hij stapte in bed en viel in slaap.

Op een dag nam de mier afscheid van de eekhoorn.

'Ik ga voor geruime tijd op reis,' zei hij, 'maar ik weet niet voor hoe lang. Ik neem dus maar zó afscheid dat het ook voor heel lang kan zijn.'

Zij schudden elkaar vijf keer de hand en omhelsden elkaar ook zoals het bij een afscheid voor lange tijd hoort.

'Laat je nog iets van je horen?' vroeg de eekhoorn.

De mier had zich al omgedraaid en riep, terwijl hij langs het bospad liep: 'Ja!'

Even later was hij uit het gezicht verdwenen en bleef de eekhoorn alleen achter. Wat zou het voor reis zijn? dacht hij. Maar hij wist hoe weinig je kon zeggen van reizen die nog moesten beginnen.

Niet lang daarna ontving de eekhoorn een brief.

Beste Eekhoorn,

Ik ben nu volledig op reis. Ik heb je beloofd dat ik iets van mij zou laten horen. Als je straks een uitroepteken leest laat ik iets van mij horen.

Lees je goed? Let op!

Op dat moment klonk er een zacht gefluit dat onmiskenbaar het gefluit van de mier was.

'Mier!' riep de eekhoorn opgetogen. Hij draaide de brief om en om, keek tussen alle letters en toen in de envelop en op de grond, maar er was geen spoor van de mier te bekennen. Hij begon opnieuw te lezen, en weer hoorde hij, toen hij het uitroepteken las, hetzelfde zachte gefluit. Als hij lang naar het uitroepteken keek kon hij zelfs een liedje herkennen dat de mier dikwijls floot.

Hij deed de brief in de envelop en legde hem op de tafel naast zijn bed.

Hij moet heel ver weg zijn, dacht de eekhoorn. Maar hij denkt aan mij!

De zon scheen en de eekhoorn ging op de tak voor zijn deur zitten. Maar telkens stond hij op en ging hij naar binnen om de brief nog eens te lezen, en telkens als hij bij het uitroepteken kwam hoorde hij weer het zachte fluiten van de mier die van ver weg iets van zich liet horen. En telkens schudde de eekhoorn zijn hoofd, glinsterden zijn ogen en dacht hij: mier, mier!

Op een frisse ochtend waarop dauwdruppels glinsterden aan de takken van de struiken en aan de draden van het web van de spin, terwijl de stralen van de opgaande zon hier en daar het dwarrelen van wat stof vertoonden, tussen de bomen, klom de eekhoorn naar het puntje van de hoogste tak van de beukenboom. Heel ver in de diepte zag hij de grond. Hij voelde een duizelig gevoel in zijn hoofd. De tak kraakte, terwijl de blaadjes onder hem zachtjes ritselden in een flauwe windvlaag.

'Als ik nu nog één stap naar voren doe breekt de tak, en wat er dan gebeurt hoef ik mijzelf niet te vragen,' zei hij tegen zichzelf.

Maar toch deed hij één stap naar voren. De tak kraakte vervaarlijk, maar brak niet. Vreemd, dacht de eekhoorn. Maar vooral vond hij het vreemd dat hij die stap naar voren had gedaan. Ik wilde helemaal geen stap zetten, dacht hij, en ik wil ook niet vallen, en toch...

Weer kwam dat eigenaardige duizelige gevoel in zijn hoofd toen hij naar beneden keek. De grond draaide langzaam naar boven, naar hem toe, en de hemel draaide naar beneden. Alsof ik op mijn hoofd sta, dacht de eekhoorn. Hij kon zijn evenwicht nauwelijks bewaren.

'Als ik nu nog één stap doe breekt de tak zeker en val ik zó hard dat ik wel alles zal breken wat er maar breken kan,' zei hij zacht.

Er was niemand die hem daar zag, en de zon klom geleidelijk hoger boven de horizon die achter het bos langs liep. Er was geen wolkje te bekennen aan de lucht, en het mos zag er zacht en vriendelijk uit, ver weg in de diepte.

En zonder dat hij begreep waarom deed de eekhoorn weer één stap naar voren. De tak kraakte, kraakte en brak. De eekhoorn sloeg wild met zijn armen en zijn staart om zich heen, probeerde iets vast te grijpen, maar greep in de lucht. Hij viel met steeds grotere snelheid van de top van de beukenboom door allerlei takken heen naar de donkere grond. 'Ai,' riep hij nog. En: 'Nee!'

De mier vond hem daar, enige tijd later. De eekhoorn kreunde zacht. Hij had zijn armen, zijn benen, zijn staart en zijn neus gebroken.

'Ik begrijp het niet, ik begrijp het niet...' kreunde hij.

'Ik begrijp het wel,' zei de mier. 'Je bent gevallen. Maar eigenlijk begrijp ik het ook niet.'

Het duurde lang voor de eekhoorn weer beter was en heel voorzichtig, van grote afstand en vol verbazing, de afgebroken tak kon bekijken, in de top van de boom, waar hij op een ochtend zo maar af gevallen was.

OP EEN OCHTEND GING DE MIER OP REIS.

De eekhoorn keek hem na. Zijn hart klopte in zijn keel en na een tijdje riep hij, zo hard als hij kon: 'Mier! Kom terug!'

De mier was al in de verte en leek niet groter dan een stipje. Maar hij hoorde de eekhoorn wel.

Hij kwam terug en schudde zijn hoofd.

'Dat moet je niet roepen,' zei hij.

'Waarom niet?' vroeg de eekhoorn die heel blij was dat de mier terug was, en honing en beukennoten voor hem neerzette. 'Als ik je daar in de verte zie, dan kan ik niet anders. Misschien vertrek je wel voorgoed!'

'Misschien wel,' zei de mier. 'Maar je moet het niet roepen. Anders kan ik niet goed op reis gaan.'

'Maar ik wil niet dat je op reis gaat,' zei de eekhoorn.

'En toch ga ik,' zei de mier.

De eekhoorn zuchtte diep.

De mier at een pot honing leeg en ging opnieuw op reis. Weer kwam hij in de verte en weer wilde de eekhoorn roepen dat hij terug moest komen. Maar hij beet op zijn tong, liet zijn hart maar bonzen en riep niets. Het stipje dat de mier nog was werd lange tijd niet kleiner, en het leek ook om te kijken. Maar dat kon de eekhoorn niet goed zien.

Hardnekkig zweeg hij.

Tot zijn verbazing werd het stipje even later weer groter en kwam de mier terug.

'Eekhoorn, eekhoorn...' zei hij en schudde zijn hoofd.

'Maar ik heb niet geroepen dat je terug moest komen,' zei de eekhoorn. 'Ik heb helemaal niet geroepen.'

'Maar je hebt het wel gedacht,' zei de mier.

De eekhoorn keek de mier met grote ogen aan.

'Ja,' zei hij aarzelend. 'Ik heb het wel gedacht.'

'Ik wist het wel!' riep de mier. 'Je moet het niet denken.'

De eekhoorn zweeg en zette alle honing en alle beukennoten die hij nog in zijn kast had voor de mier neer.

De mier at tot hij niet meer kon.

'Je mag het niet zeggen, je mag het niet denken en je mag het niet willen,' zei hij tenslotte, terwijl hij met moeite opstond.

De eekhoorn keek hem onzeker aan. Hij wist niet hoe hij dat niet moest willen. Hij had nog nooit iets wat hij heel graag wilde niet gewild. Maar hij wilde ook niet dat de mier boos op hem werd. Zijn hoofd leek wel te kraken.

De mier groette hem en ging weer op reis.

De eekhoorn keek hem na en dacht uit alle macht aan niets.

Niet ver van de beuk viel de mier om en bleef op zijn rug liggen.

'Ik moet even rusten,' riep hij en viel in slaap.

Het was een mooie dag en de eekhoorn ging voor zijn deur zitten en keek naar de mier, zonder iets te zeggen, te denken en te willen.

Laat in de middag werd de mier weer wakker. Hij rekte zich uit en herinnerde zich wat hij van plan was.

'Vandaag,' riep hij, 'zie ik van mijn reis af.'

'Dat is goed,' riep de eekhoorn.

De mier klom langzaam de beuk in.

Even later zaten zij samen binnen, in het huis

van de eekhoorn, en zagen de avondnevels door het bos kronkelen. In de verte hoorden zij de merel zingen.

'Wat een dag,' zei de mier. De eekhoorn knikte en krabde zich achter zijn oor.

De mier en de eekhoorn kregen les van de zwaan. Het was aan de oever van de rivier, de zon scheen en zij zaten onder de wilg, in de schaduw van een laaghangende tak.

Het was de tweede les, maar van de eerste les hadden zij niets onthouden.

'Vandaag,' zei de zwaan, 'zal ik het hebben over voorbij.'

Dat vonden de mier en de eekhoorn een goed idee, want daar wisten zij weinig van.

De zwaan trok een ernstig gezicht en zei: 'Alles gaat voorbij.'

Het was even heel stil onder de wilg. Het water in de rivier glinsterde en er was nauwelijks wind.

'Wisten jullie dat?' vroeg de zwaan.

'Nee,' zeiden de mier en de eekhoorn. 'Dat wisten wij niet.'

'Ja,' zei de zwaan. 'Alles gaat voorbij. Noem maar iets op en dan zeg ik dat het voorbijgaat. Mier...'

'De wilg,' zei de mier.

'Ja,' zei de zwaan. 'Het is goed dat je dat zegt, mier. De wilg gaat voorbij.'

'De wilg??' vroeg de eekhoorn met grote ogen en wees omhoog.

'Waar gaat hij dan heen?' vroeg de mier.

'Ho ho,' zei de zwaan. 'Daar hebben we het niet over. We hebben het over voorbij en niet over waarheen. Dat komt pas in de laatste les.'

'Hoeveel lessen zijn er eigenlijk?' vroeg de eekhoorn.

'Ik weet het niet,' zei de zwaan. 'Ik heb ze nooit geteld.'

De eekhoorn zuchtte en de mier zei: 'En als ik nou denk dat de wilg nooit voorbijgaat?'

'Ja,' zei de zwaan. 'Dan moet je geen les bij mij nemen. Dan kun je beter naar de krekel gaan. Die geeft een heel ander soort les. Bij hem gaat niets voorbij.'

'Niets?' vroeg de eekhoorn.

'Niets,' zei de zwaan.

'Ook niet de ochtend?' vroeg de eekhoorn.

'Ook niet de ochtend. Volgens de krekel gaat er zelfs geen regenbui voorbij of hoofdpijn of een seconde.'

‘Wat heb je nog meer voor lessen?’ vroeg de mier.

‘Nou, bij de krab,’ zei de zwaan. ‘Daar gaat alles door elkaar.’

‘Alles?’ vroeg de mier.

‘Alles,’ zei de zwaan. ‘Volgens de krab kun je net zo goed met de nacht eten als met je vingers. Dat maakt geen verschil. Of...’

De mier zuchtte eens diep en keek de andere kant op.

De eekhoorn voelde dat er een dikke rimpel in zijn voorhoofd kwam.

De zwaan maakte zijn zin niet af en zei: ‘Het is tijd. De les is voorbij.’

Zijn stem klonk onzeker.

‘De volgende les is misschien morgen,’ zei hij. Toen vloog hij op en verdween in de verte.

Zwijgend zaten de mier en de eekhoorn naast elkaar aan de oever van de rivier. De zon stond hoog aan de hemel. Soms stak de karper even zijn hoofd boven water, zei: ‘Pst’ en verdween weer.

De mier dacht aan de tijd, de zon, de lucht, de zomer, potten honing, verjaardagen, verdriet, mos, de geur van de den. Zou dat allemaal voorbijgaan? dacht hij. Of niets daarvan?

'En wij,' vroeg de eekhoorn opeens, 'zouden wij ook voorbijgaan?'

De mier dacht even na. Toen stond hij op, maakte een rare sprong in de lucht boven het gras, kwam op zijn rug neer en zei, zwaaiend met al zijn poten: 'Nee, wij gaan nooit voorbij. Wij niet!'

Op een ochtend klopte de mier al vroeg op de deur van de eekhoorn.

'Gezellig,' zei de eekhoorn.

'Maar daar kom ik niet voor,' zei de mier.

'Maar je hebt toch wel zin in wat stroop?'

'Nou ja... een klein beetje dan.'

Met zijn mond vol stroop vertelde de mier waarvoor hij gekomen was.

'We moeten elkaar een tijdje niet zien,' zei hij.

'Waarom niet?' vroeg de eekhoorn verbaasd. Hij vond het juist heel gezellig als de mier zo maar langs kwam. Hij had zijn mond vol pap en keek de mier met grote ogen aan.

'Om erachter te komen of we elkaar zullen missen,' zei de mier.

'Missen?'

'Missen. Je weet toch wel wat dat is?'

'Nee,' zei de eekhoorn.

'Missen is iets wat je voelt als iets er niet is.'

'Wat voel je dan?'

'Ja, daar gaat het nou om.'

'Dan zullen we elkaar dus missen,' zei de eekhoorn verdrietig.

'Nee,' zei de mier, 'want we kunnen elkaar ook vergeten.'

'Vergeten! Jou?!' riep de eekhoorn.

'Nou,' zei de mier. 'Schreeuw maar niet zo hard.'

De eekhoorn legde zijn hoofd in zijn handen.

'Ik zal jou nooit vergeten,' zei hij zacht.

'Nou ja,' zei de mier. 'Dat moeten we nog maar afwachten. Dag!'

En heel plotseling stapte hij de deur uit en liet zich langs de stam van de beuk naar beneden zakken.

De eekhoorn begon hem onmiddellijk te missen.

'Mier,' riep hij, 'ik mis je!' Zijn stem kaatste heen en weer tussen de bomen.

'Dat kan nu nog niet!' zei de mier. 'Ik ben nog niet eens weg!'

'Maar het is toch zo!' riep de eekhoorn.

'Wacht nou toch even,' klonk de stem van de mier nog uit de verte.

De eekhoorn zuchtte en besloot te wachten.

Maar hij miste de mier steeds heviger. Soms dacht hij even aan beukennotenmoes, of aan de verjaardag van de tor, die avond, maar dan miste hij de mier weer.

’s Middags hield hij het niet langer uit en ging hij naar buiten. Maar hij had nog geen drie stappen gedaan of hij kwam de mier tegen, moe, bezweet, maar tevreden.

‘Het klopt,’ zei de mier. ‘Ik mis jou ook. En ik ben je niet vergeten.’

‘Zie je wel,’ zei de eekhoorn.

‘Ja,’ zei de mier. En met hun armen om elkaars schouders liepen zij naar de rivier om naar het glinsteren van de golven te gaan kijken.

Toen de mier weer eens een verre reis maakte zat de eekhoorn voor zijn raam en dacht aan hem.

Plotseling begon hij te rillen en dacht: bestaat de mier eigenlijk wel?

Hij ging aan zijn tafel zitten en verborg zijn hoofd in zijn handen.

Misschien heb ik de mier wel verzonnen... dacht hij. Zijn gedachten werden zwart en hij was bang dat hij zó verdrietig zou worden dat hij zich nooit meer zou kunnen verroeren.

Nog net op tijd sprong hij op, liep naar buiten, klom langs de beuk naar beneden en holde het bos in.

Al snel kwam hij de krekel tegen.

'Krekel,' zei hij buiten adem, 'heb jij wel eens van de mier gehoord?'

De krekel stond stil en er verscheen een peinzende uitdrukking op zijn gezicht.

'De mier...' mompelde hij, 'heb ik daar wel

eens van gehoord... Hoe zei je ook maar weer?'

'De mier,' zei de eekhoorn. 'De mier.'

'De mier,' herhaalde de krekel bedachtzaam. 'De mier. De mier...'

Toen schudde hij zijn hoofd.

'Nee,' zei hij. 'Daar heb ik nog nooit van gehoord.'

'O,' zuchtte de eekhoorn. 'Dan heb ik hem misschien verzonnen.'

'O ja?' vroeg de krekel nieuwsgierig. Hij was gek op verzinnen.

Maar de eekhoorn liep vlug verder en vroeg hetzelfde aan de tor, de zwaluw, de olifant en de mus. Maar niemand had van de mier gehoord. 'Nee,' zeiden zij. 'De mier... Nee. Helaas.' Ze hadden van de desman, de kneu, de gnoe, de muskusos en de narwal gehoord, maar niet van de mier.

Aan het eind van de middag liep de eekhoorn naar huis. Zijn voeten leken wel van modder, en hij kon nauwelijks meer in de beuk klimmen. Somber bleef hij voor zijn voordeur zitten, terwijl de laatste stralen van de zon langs zijn wangen gleden.

Ik heb hem dus verzonnen... dacht hij. Dus ik

heb ook zijn voelsprieten en zijn tenen verzonnen, en dat hij honing het allerlekkerste vindt dat er bestaat... En dat ik hem mis, dat heb ik dus ook verzonnen...

In zijn gedachten zag hij zijn verzinsel lopen. En samen zaten ze aan de oever van de rivier, hun armen om elkaars schouders. Even later hoorde hij zijn verzinsel zelfs tegen hem praten en hem iets ingewikkelds uitleggen waar hij niets van begreep.

Zo viel hij in slaap, voor zijn deur, op een warme avond in de zomer.

Ver weg, in de woestijn, wiste de mier de zweetdruppels van zijn hoofd, terwijl hij zo hard mogelijk holde, op weg naar het bos, naar de eekhoorn. Als hij mij maar niet vergeten is, dacht hij en holde nog harder. 'Ik kom eraan!' riep hij. 'Eekhoorn!'

DE EEKHOORN LAG IN HET MOS EN LEUNDE met zijn elleboog op zijn staart. Hij keek om zich heen en alles wat hij zag was groen: de bladeren van de bomen, de struiken, het gras, het mos. Hij deed zijn ogen dicht, liet de zon tussen de takken door op zijn rug schijnen en dacht aan de lucht en aan de geur van honing en hars en beukennoten.

Toen viel hij in slaap.

De mier stootte hem wakker.

'Eekhoorn,' riep hij. 'Wakker worden!'

De eekhoorn sprong overeind.

'Wat is er?' riep hij.

'Niets,' zei de mier. 'Dat is het hem juist.'

De eekhoorn keek om zich heen en zag dat het bos verdwenen was. En boven hem was de lucht verdwenen en onder hem de grond. Hij snoof, maar hij rook niets meer. Hij luisterde, maar hij hoorde niets meer. Er floot geen wind, er kabbelde geen water, er kraakte geen tak.

'Wat gebeurt er?' riep hij. Maar hij zag de mier ook niet meer.

'Mier! Mier!' riep hij. Er kwam geen antwoord, en toen hij nog een keer riep hoorde hij zijn eigen stem niet meer. Vervolgens zag hij ook zijn staart en zijn vingers niet meer.

O, dacht hij, ik ben... Toen dacht hij zijn eigen gedachten niet meer.

Er was helemaal niets meer. Niets.

Heel geleidelijk en misschien pas na lange tijd, maar misschien ook heel plotseling, begon er iets te ritselen, bijna onhoorbaar nog. Het was een grasssprietje dat opdook uit het niets en zich strekte. En een tijd later verscheen er een boterbloem en begon de geur van wilgenhout rond te zweven.

...hier, dacht de eekhoorn. Hij zag een haartje dat geleidelijk bij een staart begon te horen.

'O,' zuchtte hij.

Niet veel later was de wereld weer compleet en zat hij met de mier te praten.

'Dat was een verschuiving,' zei de mier.

De eekhoorn had nog nooit van een verschuiving gehoord.

'Dat is een ramp,' zei de mier. 'En heel zeldzaam,' voegde hij er op een gewichtige toon aan toe. 'Alles verschuift van iets naar niets. En daarna heel langzaam weer terug.'

Die avond liet hij de eekhoorn een boek met plaatjes van verschuivingen zien. De meeste bladzijden waren leeg of ontbraken. En toen hij de laatste bladzijde omsloeg viel het boek uit elkaar, blies de mier het van de tafel af en dwarrelde het naar de grond.

'Dat wij hier zitten is een wonder,' zei de mier. 'Maar dát is op zichzelf nu juist weer heel gewoon.'

De eekhoorn had honger en vroeg zich af of de mier iets in huis had, al was het maar een oude beukennoot.

Op een ochtend zat de eekhoorn aan zijn tafel en wilde een brief aan de mier schrijven. Maar hij wist niet goed hoe hij moest schrijven wat hij wilde schrijven.

Hallo mier,

begon hij. Maar dat was niet wat hij bedoelde.

Hij legde de brief op de grond en begon opnieuw.

Beste mier,

schreef hij. Maar dat leek er nog veel minder op.

Boven een nieuwe brief schreef hij:

Dag mier,

boven een volgende:

Mier!

en toen:

Mier...

en:

O mier...

en:

Vriendelijke mier,

en:

Mier, mier...

Zo schreef hij de hele ochtend door, en steeds dieper zuchtte hij. Er moet een begin zijn, dacht hij, dat precies past bij de mier. Hij wist dat zeker. Maar hij kon er niet op komen.

Steeds groter werd de stapel brieven op de grond om hem heen.

Tenslotte stond de eekhoorn op, waadde door

de brieven en opende zijn deur om buiten op de grote tak voor zijn huis na te denken.

Maar toen hij naar buiten stapte sloop de wind naar binnen, sleurde de brieven uit zijn kamer en blies ze in een kleine wervelstorm naar de mier.

Het was een mooie dag en de mier zat juist voor zijn deur in de zon aan de verte te denken.

Plotseling werd hij bedolven onder de brieven van de eekhoorn. Ze reikten tot ver boven zijn hoofd. Met moeite baande hij zich een weg uit de reusachtige stapel naar buiten en begon ze te lezen.

Pas laat in de avond, in het licht van de maan, had hij ze allemaal uit.

Even bleef hij stil zitten en keek naar het schemerige struikgewas.

Toen legde hij de brieven voorzichtig op elkaar, zodat ze tot aan de rand van zijn dak reikten, klom langs de zijkant van zijn huis omhoog, ging bovenop ze liggen, trok de brief met Beste mier als een deken over zich heen, en viel in slaap.

De maan scheen en toen de mier zich omdraaide ritselden de brieven. De mier knikte in zijn slaap en mompelde: 'De mier, dat ben ik.'

Op een ochtend werd de eekhoorn wakker en was iedereen weg.

De eekhoorn holde door het bos en riep: 'Waar zijn jullie?'

Maar er kwam geen antwoord en hij zag niemand. Hij keek in het huis van de mier: verlaten. Hij klopte op de deur van de tor: stilte. Hij tikte op het water van de rivier: niemand stak zijn hoofd omhoog. En er zong ook niemand meer in de bomen, er ritselde niemand meer in het gras en er vloog niemand meer voorbij.

De eekhoorn zocht overal. Als iedereen eens achter deze grasspriet zat, dacht hij bij elke grasspriet waarachter hij keek. Of nee, ze zitten vast achter de eik. Of in het riet. Hij liep van de ene plek naar de andere. Wanneer zouden ze echt onvindbaar zijn? dacht hij somber.

Aan het eind van de ochtend schreef hij een brief:

Aan iedereen
Waar zijn jullie?
Kom in elk geval terug!
Eekhoorn.

Maar het was windstil en de eekhoorn kon de brief niet versturen. Hij werd heel verdrietig. Hij dacht aan de olifant, de karper, de krekel, de mus en vooral aan de mier. Mier, dacht hij, mier...

Ze moeten ergens zijn, dacht hij. Maar toen wist hij niet meer of dat wel zo zeker was. Misschien waren zij wel nergens.

Hij probeerde te bedenken wat dat betekende, maar in zijn hoofd knarste het en piepte het en hij ging tegen de beuk in het gras zitten, middenin het bos. Hij bedacht dat hij nu alleen nog maar tegen zichzelf kon praten. Maar wat moet ik tegen mijzelf zeggen? dacht hij. Hij kon niets bedenken en hij werd bang dat hij alleen maar tegen zichzelf kon zwijgen. En de enige cadeaus die hij nog zou krijgen zou hij aan zichzelf moeten geven.

De zon scheen op zijn gezicht. Die is er tenminste nog, dacht hij somber. Maar toen verdween ook de zon en werd het nevelig om hem heen.

Zo zat de eekhoorn daar en het ene voorgevoel na het andere kwam in hem op. Het waren nare gevoelens die pijn deden in zijn hoofd en in zijn benen. Hij werd heel moe en viel in slaap.

Toen hij wakker werd was het middag. De zon scheen weer en hij hoorde het geruis van vleugels. Het was de reiger die overvloog.

'Reiger! Reiger!' riep de eekhoorn. Hij sprong overeind en zwaaide uit alle macht. Maar de reiger zag hem niet. Even later zag hij de egel de struik tegenover de beuk in gaan en hoorde hij de olifant in de verte tegen een boom botsen en au roepen. Toen zag hij ook de mier.

'Mier, mier!' riep hij. Hij holde op de mier af. De mier strompelde.

'Dag eekhoorn,' zei hij, met een schorre stem.

'Waar was je?' vroeg de eekhoorn en klopte hem op zijn schouder.

'Dat weet ik niet,' zei de mier en hij schudde zijn hoofd.

En de vlinder die met moeite achter hem aan fladderde zei: 'Dat weten wij niet.'

De eekhoorn vroeg niet verder. Hij kon maar

één ding denken: ze zijn er weer, ze zijn er weer!

Hij holde naar huis en haalde alles wat hij nog in zijn voorraadkast had naar buiten om met iedereen die voorbijkwam iets te vieren, het gaf niet wat. Hij schepte borden vol, schonk glazen in, klopte op schouders en vroeg iedereen om nooit meer te verdwijnen. Dat moesten zij beloven, allemaal.

HET WAS MIDDENIN DE ZOMER. DE EEKhoorn zat aan zijn tafel in zijn huis bovenin de beuk.

De mier was op reis en zou misschien nooit meer terugkomen. Dat was vrijwel zeker, had hij nog gezegd toen hij vertrok. De eekhoorn leunde met zijn hoofd op zijn handen.

Het was heel stil.

De eekhoorn dacht aan de mier en aan de verte en aan vrijwel zeker en aan nooit. Ik ben heel verdrietig, dacht hij, dat weet ik zeker. Hij keek om zich heen. Zijn tafel zag er ook verdrietig uit, en het raam ook, en de blauwe lucht buiten, en zelfs de zon, hoog in de hemel. Zou alles verdrietig kunnen worden? dacht hij. Hij wist dat niet.

Plotseling hoorde hij vier stemmen, van vier kanten, die zeiden: 'Wij wel, wij kunnen heel verdrietig worden.'

De eekhoorn keek verbaasd om zich heen. Er druppelden dikke tranen langs de muren. Mijn muren, dacht hij. 'Ja,' snikten ze. Ze schudden zachtjes heen en weer.

Toen waren ze opeens weer stil. Hun tranen waren verdwenen en ze bewogen niet.

De eekhoorn leunde weer met zijn hoofd op zijn handen en dacht verder. Als ze verdrietig kunnen worden, zouden ze dan ook boos kunnen worden?

Plotseling hoorde hij de muren grommen. De dingen die aan ze hingen vielen op de grond, en dreigend kwamen de muren naar het midden van de kamer.

Rondom de tafel bleven ze staan. Ze kraakten en knarsten van boosheid. De eekhoorn hield zijn handen voor zijn gezicht.

'Op wie zijn jullie boos?' vroeg hij.

'Op de mier,' gromden de muren.

De eekhoorn haalde zijn handen van zijn gezicht en keek de muren met grote ogen aan.

'Op de mier?' zei hij. 'Maar de mier is heel aardig!'

'Nee,' zeiden de muren. 'De mier is helemaal niet aardig.'

Toen stonden ze opeens weer waar ze altijd stonden.

De eekhoorn hing alle dingen die op de grond lagen weer op hun plaats.

Hij ging voor zijn raam staan en keek naar de verte.

'Mier,' zei hij zachtjes. Ik ben niet boos op hem, dacht hij, maar...

Van heel ver hoorde hij opeens een stem, misschien wel van de andere kant van de wereld.

'Ja?' vroeg die stem.

De eekhoorn wist dat sommige dingen soms echter lijken dan ze zijn. Maar hij wist ook dat vrijwel zeker nooit hetzelfde is als helemaal zeker. Hij wreef zich in zijn handen en haalde een grote pot honing uit zijn kast en zette hem op tafel.

Hij ging weer zitten, met zijn hoofd op zijn handen.

De muren kwamen geruisloos, maar begerig op hem af. 'Heerlijk,' fluisterden ze, toen ze dicht om hem heen stonden. 'Honing.'

'Nee,' zei de eekhoorn. 'Die is voor de mier. Die komt er zo aan.'

De muren mopperden even. Toen waren ze weer gewone muren, stonden op hun gewone plaats en lieten niets meer van zich horen.

'MIER!' RIEP DE EEKHOORN LANGS DE WAND van het ravijn naar beneden. 'Mier! Mier!'

Hij wist dat de mier daar niet was, maar ver weg in de woestijn op bezoek bij de leeuw.

Wat vreemd, dacht de eekhoorn, toch roep ik zijn naam en denk ik ook nog: wie weet antwoordt hij wel!

'Mier! Mier!'

Het ravijn liep steil naar beneden en was begroeid met varens en scheefgezakte dennen.

De eekhoorn liep voorzichtig langs de rand, gleed uit en viel.

'Mier!' riep hij nog een keer, maar nu snerpend, wanhopig.

Toen werd het donker om hem heen.

Waar ben ik nu? dacht hij even later. Voorzichtig tastte hij in het rond. Hij voelde iets glibberigs.

'Mier!' riep hij. Maar hij bedoelde: 'Help!'

'Wees gerust,' zei de slak. 'Ik ben het.'

De eekhoorn zuchtte opgelucht en begon geleidelijk iets te onderscheiden. Boven zich zag hij de lucht, om zich heen struikgewas en onder zich zwarte grond.

'Waar ben ik?' vroeg hij.

'Ja,' zei de slak. 'Wat moet ik daarop antwoorden? Hier zou ik zeggen. Maar dat zegt niet veel.'

'Nee,' zei de eekhoorn. 'En hoe kom ik hier vandaan?'

'Dat vraag ik me nooit af,' zei de slak.

'Mier!' riep de eekhoorn weer. 'Mier! Mier!'

'Wat betekent dat?' vroeg de slak.

'Ach,' zei de eekhoorn, 'eigenlijk niets.'

'Mag ik het ook roepen?' vroeg de slak. En hij riep, heel zachtjes en glibberig: 'Mier! Mier.'

Iets anders wisten zij niet te zeggen of te roepen, daar, op de bodem van het ravijn. En zo trof de mier hen daar aan toen hij, op de rug van de zwaan, terugkeerde uit de woestijn en heel ver beneden zich zachtjes zijn naam hoorde roepen.

'Wat doe jij hier?' vroeg hij aan de eekhoorn toen hij geland was.

'Ik dacht dat je nooit meer terug zou komen,' zei de eekhoorn zacht.

'En ik woon hier,' zei de slak. 'Maar ik weet niet of je dat wilt weten.'

De mier keek de slak even onderzoekend aan en zei toen: 'Kom. Ga mee.'

Hij stapte met de eekhoorn op de rug van de zwaan.

'Ik blijf voorlopig nog hier,' zei de slak, 'voor het geval je dat nog niet vermoedde.'

De zwaan strekte zijn vleugels en stond op het punt om te vertrekken.

'Mier,' zei de slak.

'Ja?' vroeg de mier.

'Mier, mier,' zei de slak.

'Wat heeft dat te betekenen?' vroeg de mier.

De slak keek de eekhoorn hulpbehoevend aan.

'Ach,' zei de eekhoorn, 'dat betekent eigenlijk niets. We gaan!'

Zij stegen op en vlogen langs de wanden van het ravijn omhoog naar de lucht en door de lucht naar het bos.

Op een dag in de winter schreef de eekhoorn een brief aan de mier:

Beste mier,
Mier mier mier mier mier
mier mier mier mier
beste mier
mier mier mier mier
beste mier
beste mier
mier.
De eekhoorn

Het was een vreemde brief en de eekhoorn wist niet waarom hij hem geschreven had. Maar hij trok hem een jas aan en zette hem een muts op, want het was koud, legde hem uit hoe hij moest gaan en deed de deur open.

De brief stapte voorzichtig naar buiten, klom langs de beuk naar beneden, liep door de sneeuw en tikte op het raam van de mier.

'Wie is daar?' vroeg de mier.

'De brief,' zei de brief.

'De brief?' zei de mier en verbaasd deed hij zijn deur open.

'Ik ben voor u,' zei de brief. Hij maakte een kleine buiging en nam zijn muts af.

De mier bekeek hem van alle kanten en maakte hem toen voorzichtig open.

'Ik zal je maar lezen,' zei hij.

'Dat is goed,' zei de brief.

Toen de mier de brief uit had wreef hij in zijn handen en zei: 'Ga zitten, brief, ga zitten. Wat wil je hebben?'

'Nou...' zei de brief aarzelend. 'Dat weet ik eigenlijk niet.'

'Iets zoets?' vroeg de mier.

'Dat is goed!' zei de brief en hij ritselde van plezier.

De mier nam zijn pen en schreef iets zoets boven aan de brief en na enig nadenken ook nog iets warms onderaan de brief. Zelf nam hij honing.

De brief knisperde van plezier en zijn hoeken krulden om.

Lange tijd zaten zij bij elkaar, terwijl de mier af en toe opstond en iets aan de zijkanten van de brief schreef.

Toen het donker werd nam de brief afscheid. Het sneeuwde en langzaam waadde hij door de sneeuw terug naar de beuk, klom naar boven en schoof zichzelf onder de deur van de eekhoorn door.

'Zo,' zei de eekhoorn. 'Je bent weer terug.'

'Ja,' zei de brief, en terwijl de eekhoorn zich over hem heen boog vertelde de brief hem alles wat hij bij de mier had meegemaakt en tenslotte ook wat de mier van hem, de eekhoorn, vond.

'Wat dan?' vroeg de eekhoorn.

'Lees maar,' zei de brief

De eekhoorn las en toen hij de brief uit had vroeg hij hem of hij hem onder zijn kussen mocht leggen.

'Dat is goed,' zei de brief.

Buiten stormde het, het huis van de eekhoorn kraakte en de sneeuw viel in steeds dichtere vlokken. De wereld werd witter en witter.

Maar de eekhoorn en de brief wisten daar niets van. Zij sliepen en droomden van woorden en zoete inkt.

'Als ik zeg dat ik op reis ga,' vroeg de mier aan de eekhoorn, 'word jij dan verdrietig?'

Ze zaten aan de oever van de rivier en keken naar de overkant. Het was zomer, de zon stond hoog in de lucht en de rivier glinsterde.

'Ja,' zei de eekhoorn, 'dan word ik verdrietig. Maar als ik dan zeg dat je niet mag gaan, word jij dan boos?'

'Ja,' zei de mier, 'dan word ik boos. Maar als ik dan zeg dat ik toch ga en dat je me niet kunt tegenhouden, word jij dan heel verdrietig?'

'Ja,' zei de eekhoorn, 'dan word ik heel verdrietig.' Hij leunde achterover en kneep zijn ogen dicht. 'Maar als ik dan iets verzin,' ging hij verder, 'waardoor je niet wilt gaan, word jij dan heel boos?'

'Wat verzin je dan?' vroeg de mier.

'Ja...' zei de eekhoorn. 'Dat verzin ik als jij zegt...'

'Ik wil het nu weten!' riep de mier.

'Maar ik heb het nog niet verzonnen,' zei de eekhoorn.

'Dan ga ik nu weg,' zei de mier.

De eekhoorn werd verdrietig en zei: 'Je mag niet gaan.'

De mier werd boos en zei: 'Ik ga toch.' Hij deed alvast een stap.

De eekhoorn zweeg en leunde achterover.

Een tijdlang gebeurde er niets.

'Nou?' vroeg de mier toen. 'Wat verzin je nu?'

Maar de eekhoorn schudde zijn hoofd. 'Je bent nog niet weg,' zei hij.

'Maar ik ga echt, hoor,' zei de mier. Hij liep een eind weg. Na elke twee stappen keek hij om.

'En?' vroeg hij telkens. 'Heb je het al verzonnen?'

Maar de eekhoorn schudde elke keer zijn hoofd. Hij vond dat heel moeilijk, want hij wist niet zeker of de mier misschien niet opeens zou gaan hollen en dan zou doorhollen tot hij zó ver weg was dat hij nooit meer zou kunnen terugkomen. Maar hij zei niets.

De mier liep steeds verder en werd heel klein. Zijn stem kwam nog maar in flarden bij de eekhoorn: 'Iets verzonnen... al... hoorn...'

De eekhoorn kon hem tenslotte niet meer zien.

Nu is hij echt weg, dacht hij. Nu is hij echt helemaal weg. Er prikte iets in zijn ogen. Tranen, dacht hij.

Maar plotseling verscheen er een stofwolk aan de horizon. Met grote snelheid kwam de mier aanhollen.

Enkele ogenblikken later stond hij voor de eekhoorn.

'Nu móét je het zeggen,' zei hij, buiten adem. Hij keek de eekhoorn doordringend aan en zwaaide met een vinger vlak voor zijn ogen. De stofwolk zakte langzaam naar de grond.

Nu moet ik het zeggen, dacht de eekhoorn en hij verzon iets.

Op een avond zaten de eekhoorn en de mier naast elkaar op de bovenste tak van de beuk. Het was warm en stil en zij keken naar de toppen van de bomen en naar de sterren. Zij hadden honing gegeten en gepraat over de zon, de oever van de rivier, brieven en vermoedens.

'Ik ga deze avond bewaren,' zei de mier. 'Vind je dat goed?'

De eekhoorn keek hem verbaasd aan.

De mier haalde een klein zwart doosje tevoorschijn.

'Hier zit ook al de verjaardag van de lijster in,' zei hij.

'De verjaardag van de lijster?' vroeg de eekhoorn.

'Ja,' zei de mier en hij pakte die verjaardag uit het doosje. En zij aten weer zoete kastanjetaart met vlierbessenroom, en ze dansten weer terwijl de nachtegaal zong en het vuurvliegje aan- en uitging, en ze zagen de snavel van de lijster weer glimmen van plezier. Het was de mooiste verjaardag die zij zich konden herinneren.

De mier stopte hem weer in het doosje.

'Daar stop ik deze avond bij,' zei hij. 'Er zit al heel veel in.' Hij deed het doosje dicht, groette de eekhoorn en ging naar huis.

De eekhoorn bleef nog lang op de tak voor zijn deur zitten en dacht aan dat doosje. Hoe zou die avond daar nu in zitten? Zou hij niet verkreukelen of verbleken? Zou de smaak van honing er ook in zitten? En zou je hem er altijd weer in kunnen krijgen als je hem eruit haalde? Zou hij niet kunnen vallen en breken, of wegrollen? Wat zou er trouwens nog meer in dat doosje zitten? Avonturen die de mier alleen had beleefd? Ochtenden in het gras aan de oever van de rivier, als de golven glinsterden? Brieven van verre dieren? En zou het ooit vol zijn, zodat er niets meer bij kon? En zouden er ook andere doosjes bestaan, voor treurige dagen?

Zijn hoofd duizelde. Hij ging zijn huis in en stapte in bed.

De mier lag toen allang te slapen, in zijn huis onder de struik. Het doosje lag boven zijn hoofd, op een plank. Maar hij had het niet stevig genoeg dichtgedaan. Middenin de nacht schoot het plotseling open en een oude verjaardag vloog met grote snelheid naar buiten, de kamer in. En plotseling danste de mier met de olifant, in het maanlicht, onder de linde.

'Maar ik slaap!' riep de mier.

'O dat geeft niets,' zei de olifant en hij zwierde met de mier in het rond. Hij zwaaide met zijn oren en zijn slurf en zei: 'Wat dansen wij goed, hè?' en 'O pardon,' als hij op de tenen van de mier trapte. En hij zei dat de mier ook best op zijn tenen mocht trappen.

De gloeiworm glom in de rozenstruik en de eekhoorn zat op de onderste tak van de linde en wuifde naar de mier.

Plotseling glipte de verjaardag het doosje weer in en even later werd de mier wakker.

Hij wreef zijn ogen uit en keek om zich heen. De maan scheen naar binnen en viel op het doosje op de plank. De mier stond op en duwde het deksel stevig dicht. Maar hij hield zijn oor nog wel even tegen het doosje en hoorde muziek en geritsel en gekabbel van golven. En hij dacht zelfs even dat hij de smaak van honing hoorde, maar hij wist niet zeker of dat wel kon.

Hij fronste zijn voorhoofd en stapte weer in bed.

Op een donkere dag aan het eind van het jaar waren alle dieren bijeen op de open plaats in het midden van het bos. Er blies een gure wind tussen de kale bomen door, en de meeste dieren hoestten of niesten of rilden luidkeels van de kou.

'Dit is nou barre koude,' zei de kikker die trots was dat hij dat wist.

'Ja,' zei de vlieg die naast hem stond te klappertanden.

'Laten we ons allemaal verstoppen,' zei de krekel.

'Maar wie moet ons dan zoeken?' vroeg de mus.

'Niemand,' zei de krekel. 'Maar we kunnen de wind vragen om naar ons te fluiten als het lente wordt. Misschien kan hij de eerste bladeren wel laten zeggen: "Kom maar tevoorschijn" en dan komen we allemaal tevoorschijn.'

'Goed!' huilde de wind.

De dieren keken elkaar treurig aan. Iedereen gaf iedereen een hand en ging zich toen verstoppen.

De snoek verborg zich onder het blad van de waterlelie en de roerdomp ging achter een grijs paaltje staan. De slak trok zich terug in het donkerste hoekje van zijn huis en de kraai verdween in zijn veren. De gloeiworm verborg zich in het duister, de beer had nog een oude honington waarin niemand hem zou kunnen vinden, met hier en daar nog wat honing op de bodem, en de eekhoorn ging in zijn kast zitten tussen twee flessen met beukennotensiroop.

Niemand wist waar iemand anders was. En iedereen wachtte op de lente.

Toch kon de eekhoorn het niet laten een heel klein briefje aan de mier te sturen. Tot zijn onuitsprekelijke genoegen kreeg hij op de allerlaatste dag van het jaar een briefje terug. Een felle sneeuwstorm blies het envelopje onder zijn voordeur door, liet het door zijn kamer dwarrelen en schoof het door een kier de kast in.

'Hallo eekhoorn!' schreef de mier en de eekhoorn prikte het briefje op de binnenkant van zijn kast en keek ernaar zolang het winter was en iedereen zich verborgen hield.

'Hallo mier,' zei hij zo nu en dan tegen het briefje. Zo ging de tijd sneller en minder saai voorbij.